DATE DUE

PRINTED IN U.S.A.

OLIVIA
la reina del circo

Escrito e ilustrado por Ian Falconer

Traducido por Teresa Mlawer

LECTORUM
PUBLICATIONS, INC.

Antes de ir al colegio, a Olivia le gusta hacer panqueques para William, su nuevo hermanito, y para Ian, su otro hermano.

Es una gran ayuda para su mamá.

Después de un buen desayuno, es hora de vestirse.

Olivia tiene que ponerse un uniforme aburridísimo.

Aunque, bueno, siempre puedes animarlo un poco.

—Bip, bip, ¡allá voy!

Hoy le toca a Olivia contarle
a la clase sobre sus vacaciones.
A Olivia le encanta hablar en público.

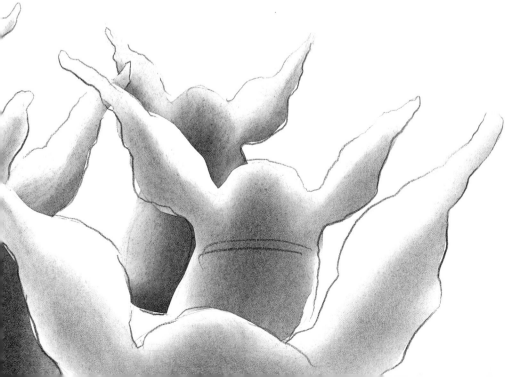

—Un día, mi mamá nos llevó a Ian y a mí al circo —comienza—.
William no pudo venir porque tenía que dormir la siesta.

Pero cuando llegamos, nos dimos cuenta de que el circo estaba vacío.
¡Todo el mundo tenía infección de oídos!

Por suerte, yo sé hacer de todo.

Yo fui "Olivia, la mujer tatuada".
Me dibujé los tatuajes con un rotulador.

Luego, me convertí en "Olivia, la domadora de fieras".

Caminé por la cuerda floja.

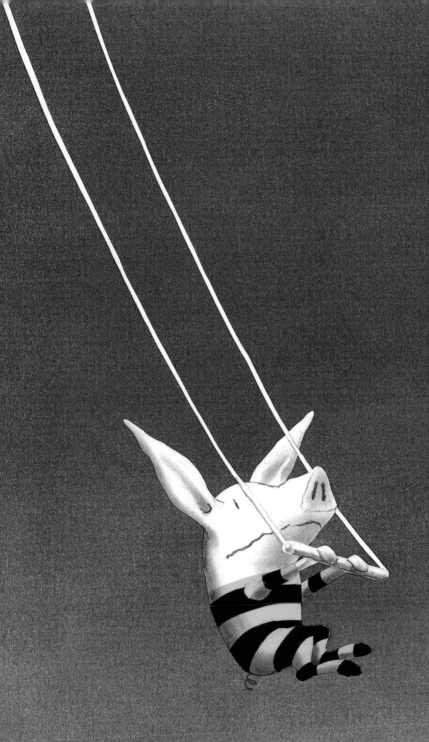

De repente, me convertí en "Olivia, la trapecista",

"Olivia, la reina del trampolín"

Me subí en unos zancos.

Fui malabarista

y payaso.

Y hasta monté en un monociclo.

y, por último, fui "Madame Olivia y sus perros amaestrados".
No muy amaestrados, por cierto…

Y así fue cómo conseguí
salvar el circo.
Y ahora soy famosa.

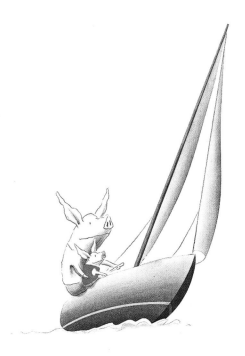

Otro día, mi papá me llevó a navegar…FIN.

—¿Es una historia real? —pregunta el maestro.

—Muy real —contesta Olivia.

—¿Toda?

—Todita.

—¿Estás segura, Olivia?

—Que yo recuerde, sí…

Olivia regresa a casa con mucho estilo.

—Cariño, ¿qué tal te fue
hoy en el colegio?
—le pregunta, como
siempre, su mamá.
—Bien —contesta Olivia.
—¿Qué hiciste?

—Nada.

Es hora de dormir pero, como de costumbre,
Olivia no tiene sueño.

—Buenas noches —le dice su mamá.

—Buenas noches, mami —le contesta Olivia.

—Cierra los ojos.

—Están cerrados.

—Entonces, duérmete.

—Estoy dormida.

—Recuerda: nada de saltar en la cama.

—Está bien, mami.

—Olivia, te dije que no saltaras.
¿Quién crees que eres?
¿"Olivia, la reina del trampolín"?

OLIVIA, LA REINA DEL CIRCO

Spanish translation copyright © 2001 by Lectorum Publications, Inc.
Originally published in English under the title
Olivia Saves the Circus

Copyright © 2001 by Ian Falconer
An Anne Schwartz Book
Published by arrangement with Atheneum Books for Young Readers,
An imprint of Simon & Schuster Children's Publishing Division, New York.

ISBN 1-930332-20-3
Printed in Belgium
10 9 8 7 6 5 4 3 2
Library of Congress Cataloging-in-Publication Data is available.